▼ Les Histoires du Père Castor ▼

Qu'elles soient nées dans l'esprit fécond d'un auteur ou venues du fond des âges et de pays lointains, les histoires transmettent une culture, une tradition, elles parlent de nous. Comprendre, accepter les autres, mieux se connaître, se laisser porter par la magie des mots et des images : c'est tout cela que les Histoires du Père Castor offrent.

Depuis 1931, le Père Castor propose de merveilleuses histoires illustrées, et crée les classiques de la littérature pour enfants, d'hier et d'aujourd'hui. Nous perpétuons cette tradition avec les talents d'auteurs de mots et d'images pour le plaisir toujours renouvelé du partage de la lecture...

Le petit loup qui se prenait pour un grand

À mon fils.
Merci à Laurent Porée.
A. I.-L.

© Flammarion 2005, pour le texte et l'illustration
© Flammarion 2018, pour la présente édition
Dépôt légal : mars 2018
ISBN : 978-2-0814-2742-6
Imprimé en République Tchèque par PB Tisk – décembre 2019
Éditions Flammarion (L.01EJDN001506.A003) – 87, quai Panhard-et-Levassor, 75647 Paris Cedex 13
Loi n° 49-956 du 16 juillet 1949 sur les publications destinées à la jeunesse

Le petit loup qui se prenait pour un grand

Un conte de la tradition bulgare
raconté par Albena Ivanovitch-Lair
Illustré par Éric Gasté

PÈRE CASTOR

Un jeune loup affamé marchait dans la campagne
à la recherche d'une proie à dévorer.
Tout à coup, il aperçut un cheval
qui broutait l'herbe du fossé.
L'œil du petit loup s'alluma de contentement.
« Enfin, je vais pouvoir me remplir le ventre », se dit-il.
Et il passa une langue gourmande sur ses babines.

La mine conquérante,
le petit loup s'approcha du cheval et dit :
– Je meurs de faim et c'est toi que je vais dévorer.
Il faut bien que je mange pour vivre !
Le vieux cheval répondit calmement :
– Tu as raison, mange-moi, c'est la loi de la nature !
Mais je t'en prie, fais-le dans les règles.
Le petit loup, prêt à bondir, s'arrêta net :
– Quelles règles ?
– Ton père ne t'a donc rien appris ?
Lui sait qu'avant de manger un cheval,
il faut lui enlever les sabots.
C'est la tradition et comme ça,
il est plus facile à digérer.
– Et comment je ferai pour enlever tes sabots ?
– Ce que tu peux être ignorant, mon pauvre ami !
Tu te places derrière moi et tu enlèves mes sabots arrière,
puis tu fais pareil pour ceux de devant.
La tradition respectée, tu pourras me manger.

Sans réfléchir une seconde,
le petit loup se plaça derrière le cheval.
Il s'apprêtait à attraper l'une de ses jambes
quand celui-ci, d'une formidable ruade,
lui envoya ses deux sabots en plein museau.

Le petit loup hurla et se retrouva projeté en l'air…
avant de retomber sur le sol
vingt mètres plus loin complètement assommé.

Lorsqu'il retrouva ses esprits,
il avait une énorme bosse au front
et une terrible douleur à la mâchoire.
Quant au cheval, bien sûr,
il n'avait pas attendu son réveil !

Le petit loup alla à la rivière pour mettre de l'eau fraîche
sur sa bosse et calmer la douleur.
Deux moutons arrivèrent au même moment
et se mirent à boire avidement.
« Le cheval m'a échappé, mais ces moutons, je les aurai »,
se dit le petit loup qui avait de plus en plus faim. Il leur cria :
– Oh là ! vous deux ! Vous buvez l'eau de ma rivière,
c'est une faute grave. Pour vous punir, je dois vous manger !

Les moutons examinèrent le petit loup
et échangèrent un regard sans rien dire.
– D'accord, dit le plus âgé.
Nous sommes coupables et tu dois nous manger !
Mais avant, il te faut choisir celui que tu mangeras le premier.
– À quoi bon ? De toute façon
je vous mangerai tous les deux.
– Pas question ! s'exclama le deuxième mouton.
Tu dois nous manger dans les règles.
– Quelles règles ?
– Ce que tu peux être ignorant !
Ton père ne t'a vraiment rien appris !
Lui sait choisir celui qu'il doit manger en premier.
Assieds-toi au bord de l'eau,
et nous, nous allons reculer de cent pas.
Après tu donneras le signal et nous courrons vers toi.
Le dernier arrivé sera le premier mangé.
C'est la tradition et en plus c'est amusant.

Sans se poser plus de question,
le petit loup s'assit sur la berge, le dos à la rivière.
Les moutons s'éloignèrent de cent pas puis s'arrêtèrent.
Le petit loup tout content leur cria :
– Attention ! Prêts ! Partez !
Les deux moutons prirent leur élan, se précipitèrent sur le loup,
et le frappèrent de toutes leurs forces.

Le petit loup culbuta dans l'eau.
À cet endroit, la rivière était profonde
et il faillit se noyer dans les remous.
Après bien des efforts,
il réussit à se hisser sur la rive.
Il était trempé jusqu'aux os et son estomac criait famine.
Mais les moutons avaient filé depuis longtemps…

Frissonnant de froid et de faim
le petit loup reprit sa route.
C'est alors qu'il aperçut un âne
dans un champ de blé.
« Le cheval et les moutons ont été
plus malins que moi, se dit-il.
Mais cet âne ne m'échappera pas.
Il va voir de quoi je suis capable. »
– Tu es en train de manger le blé des hommes !
Pour te punir, je vais te dévorer ! annonça le petit loup.
L'âne, d'abord, prit peur,
mais, remarquant la jeunesse de son agresseur,
il se dit qu'il arriverait à s'en débarrasser.

Le petit loup s'apprêtait à bondir quand l'âne s'exclama :
– Enfin te voilà ! Mon maître te cherche partout.
Il veut faire de toi le témoin de son fils à son mariage.
Monte sur mon dos, nous avons juste le temps
d'arriver à l'heure à la cérémonie.
– Je ne comprends rien à ce que tu dis,
s'étonna le petit loup, tu veux m'embrouiller.
– Mais d'où sors-tu pour être si ignorant ?
Tu n'as donc jamais écouté ton père !
Ne sais-tu pas que, chez les hommes,
cela porte bonheur d'avoir un loup
comme témoin du marié ?
C'est la tradition et en plus
la cérémonie est suivie d'un festin.
Tu n'auras jamais assez d'appétit
pour avaler tous les plats succulents qu'on te servira,
crois-moi. Allez, monte sur mon dos !

Sans réfléchir davantage, le petit loup,
alléché à l'idée de cet énorme festin,
monta sur le dos de l'âne
qui prit le trot en direction du village.

Un paysan aperçut de loin l'étrange équipage
et dévala à toutes jambes la colline
en hurlant « au loup ! » de toutes ses forces.

À ces cris, les villageois s'armèrent de faux,
de fourches et de solides bâtons,
prêts à recevoir le loup comme il se doit.

Quand l'âne arriva à l'entrée du village,
le petit loup aperçut la foule rassemblée et prit peur.
– Fais demi-tour, vite ! cria-t-il à l'âne.
Ils vont nous réduire en bouillie !
L'âne prit le temps de le rassurer :
– Ne crains rien, gros bêta, ils sont là
pour t'accueillir avec les honneurs dus
à un témoin de mariage, c'est la tradition.

Deux secondes plus tard, sans crier gare,
l'âne s'arrêta brusquement
et précipita à terre son cavalier.
Le petit loup faillit se rompre tête et pattes.
Il n'eut pas le temps de se relever
que déjà les villageois le rouaient de coups.

Hurlant de douleur, le petit loup eut
bien du mal à leur échapper,
tandis que l'âne savourait tranquillement sa victoire.

Le petit loup courut à en perdre le souffle jusqu'à sa tanière.
Une fois couché, il se demanda pourquoi
il avait écouté le cheval, les moutons et l'âne.
Tous l'avaient grossièrement trompé.
« Je dois apprendre à réfléchir ! » se dit-il.
Et sur cette bonne résolution, il s'endormit.
Il avait presque oublié sa faim car ne dit-on pas : *Qui dort dîne* ?

Vous avez aimé cette histoire ?
Découvrez également...

Dans la même collection

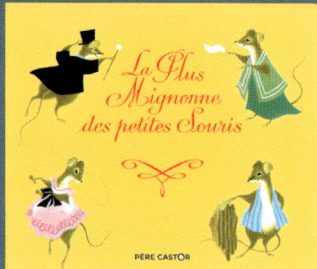
n° 11 | La Plus Mignonne des Petites Souris

n° 14 | Le Petit Bonhomme de pain d'épice

n° 16 | Baba Yaga

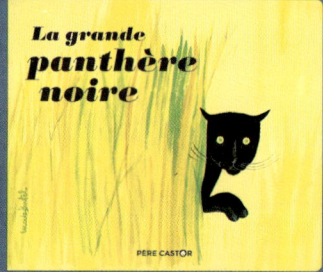
n° 19 | La Grande Panthère noire

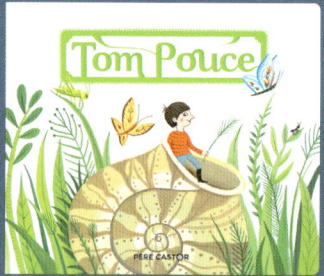
n° 32 | Tom Pouce

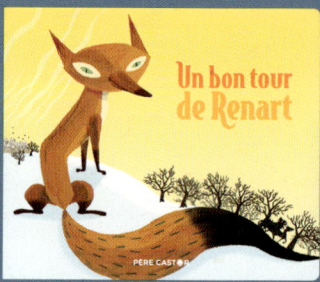
n° 48 | Un bon tour de Renart

n° 51 | Hansel et Gretel

n° 54 | La Chèvre de Monsieur Seguin

n° 58 | L'Ours et les trolls de la montagne